# Krasse Fakten für echte Klugscheißer!

Unnützes Wissen mit über 400 spannenden Fakten für wissbegierige Teenager.

-Lustiges und cooles Geschenkbuch-

Justus Schöns

KRASSE FAKTEN
FÜR ECHTE
Klugscheißer!
LUSTIGES & COOLES GESCHENKBUCH
UNNÜTZES WISSEN
mit über 400 spannenden
Fakten für wissbegierige
TEENAGER
Justus Schöns

# Inhaltsverzeichnis

# 1. Einleitung

Bereit für eine geniale Entdeckungsreise durch die Welt des unnützen Wissens und der Fun Facts? Dann schnall dich an, denn "Krasse Fakten für echte Klugscheißer" nimmt dich mit auf eine wilde und coole Fahrt durch die verrücktesten, spannendsten und lustigsten Fakten, die du dir vorstellen kannst.

Stell dir einmal vor, Sternenstaub, Plastikflamingos und daddelnde Chirurgen würden die Schlagzeilen beherrschen. Erfahre wie die Rechenleistung eines Gameboys für die erste Mondfahrt reichte und warum Briefmarken nach Schokolade schmecken. Entdecke in welchen Städten das Küssen mit welcher Begründung verboten ist, finde heraus, warum unsere Atome aus Sternenstaub bestehen und warum es quadratische Wassermelonen gibt.

Dieses Buch ist mehr als nur eine Aneinanderreihung von Fakten – es ist ein Abenteuer voller unglaublicher und witziger Entdeckungen. Von ernsthaften historischen Ereignissen bis zu den kuriosesten Einfällen, es gibt immer etwas Neues und Spannendes zu lernen.

Du dachtest, du wüsstest schon alles? Lass dich vom Gegenteil überzeugen und genieße die verrückte und spannende Seite des Lebens mit einem Lächeln im Gesicht und einem Augenzwinkern.

Los geht's zu einer außergewöhnlichen Informationsreise!

# 2.
# Vom Zuckerwatten-Zahnarzt zum Wurmgrunzen

Wir sind aus Sternenstaub: Die Atome des menschlichen Körpers wurden einst irgendwo im Weltall in Sternen gebildet. Bei der Explosion dieser werden die Atome dann wieder frei, die später wiederum Teil neuer Arten werden.

Die Zuckerwatte wurde 1897 ausgerechnet von dem Zahnarzt William Morrison zusammen mit dem Süßwarenhersteller John C. Wharton erfunden.

# Fakten 1-4

Die erste Mondlandung 1969 gelang mit nur 1/4 der Rechenleistung eines Gameboys. Der Bordcomputer der Apollo 11 hatte eine Geschwindigkeit von 1 MHz, der erste Nintendo 4 MHz.

Wurmgrunzen ist eine Technik, um Regenwürmer zu fangen. Dabei wird ein Holzpflock in die Erde gerammt und zum Vibrieren gebracht. Die Vibration scheucht die Würmer auf und treibt sie an die Oberfläche.

# Fakten 5-8

Niemand kann mit offenen Augen niesen, denn dabei schließen sich die Augen automatisch. Der Grund ist noch nicht erforscht, vielleicht soll das Auge vor herumfliegenden Keimen geschützt werden.

Finnland hat die höchste Dichte an Heavy-Metal-Bands mit 53,2 Gruppen pro 100.000 Einwohner. Hier wurde auch das erste Metal-Emoticon, ein Headbanger in Rockerkluft, erfunden.

Es gibt wesentlich mehr Ameisen als Menschen auf der Erde. Geschätzt sind es 20 Billiarden.

In Paris ist das Küssen auf Bahnsteigen seit 1910 verboten. Das Verbot sollte der Sicherheit der Reisenden dienen, die während langer Abschiedsküsse von einfahrenden Zügen überrascht werden könnten.

# Wusstest du,...

... dass es auf der Welt
inzwischen
mehr Handys als Zahnbürsten gibt?

# Fakten 9-12

Das lauteste gemessene Schnarchen erreichte 93 Dezibel, was einem Presslufthammer in 10 Meter Entfernung entspricht. Dokumentiert wurden die Schnarcher des Patienten Kåre Walkert in einem Örebro.

Astronauten können kein "Bäuerchen" machen. Der Ton entsteht, wenn sich verschluckte Luft von der Nahrung trennt und aufsteigt. In der Schwerelosigkeit bleiben Luft und Essen aber zusammen.

In nur zwei Ländern der Welt gibt es Coca Cola offiziell nicht zu kaufen: in Kuba und in Nordkorea.

Die erste Webcam kam 1991 zum Einsatz, um eine Kaffeemaschine zu überwachen. So konnten die Mitarbeiter des Trojan Room an der Uni Cambridge sehen, ob frischer Kaffee fertig war.

# 3.
# Vom Kaugummiverbot zu unendlichem Schluckauf

ArnoldC ist eine Programmiersprache, in der Basisbefehle durch Filmzitate von Arnold Schwarzenegger ersetzt wurden. Das Kommando "YOU HAVE BEEN TERMINATED" beendet das Programm.

In Singapur ist das Kaugummikauen seit den 1990er-Jahren verboten, um die Straßen und Plätze sauber zu halten. Bei Zuwiderhandlung wird eine Geldbuße fällig.

# Fakten 13-16

Würde ein Mann sich sein ganzes Leben lang nicht rasieren, bekäme er einen etwa neun Meter langen Bart.

In Fachsprache nennt sich Gänsehaut "Piloerektion". Dies ist eine uralte Reaktion des Körpers, bei der sich die Haarbalgmuskeln zusammenziehen und die Haare aufrichten um Wärme zu speichern.

Der längste Schluckauf eines Menschen hielt für ganze 68 Jahre an.

Die Chinesen erfanden neben dem Schreibpapier auch das Toilettenpapier. Ab 1393 ließ die Kaiserfamilie sich Wischblätter aus Reisfasern anfertigen. Im Westen kam das erste Toilettenpapier 1857 auf den Markt.

# Fakten 17-20

Die Freiheitsstatue hat für ihre Größe von 45 Metern die passenden Füße, sie sind 7,62 m lang. Um sich Schuhe zu kaufen, müsste sie die europäische Größe 1200 wählen.

In Colorado ist es verboten zu angeln während man auf einem Pferd sitzt.

# 4.
# Von Versicherungen für Astronauten zu Spionen-Nummern

# Fakten 21-24

Die Zahl der PlayStation Konsolen auf der Welt ist größer als die Einwohnerzahl Australiens.

Astronauten können zwar Kerzen anzünden, sie bekommen aber keine spitzen, sondern runde Flammen zu sehen. Denn die Hitze breitet sich in der Schwerelosigkeit in alle Richtungen gleichzeitig aus.

Eine Kuh lässt sich mit viel Mühe dazu bewegen, eine Treppe hinaufzusteigen, sie kommt aber nicht wieder herunter. Kühe können ihre Vorderbeine nicht weit genug beugen, um die abfallenden Stufen zu meistern.

Ein Zauberwürfel besteht aus 26 Steinen und hat 6 Flächen. Daraus ergeben sich unglaubliche 43 252 003 274 489 856 000 Kombinationsmöglichkeiten.

# Fakten 25-28

Ein Straußenei lässt sich zubereiten wie ein Hühnerei. Es dauert aber 45 Minuten, bis es weich und 90 Minuten, bis es hart gekocht ist. Zum Öffnen wird ein Hammer oder eine Bohrmaschine empfohlen.

Mark Zuckerberg entschied sich für ein blau-weißes Logo für Facebook, weil er eine Rot-Grün-Sehschwäche hat.

Die Astronauten der Apollo 11 bei der ersten Mondlandung hatten keine Lebensversicherungen, weil kein Unternehmen bereit war, ihr Risiko zu versichern.

Tiger tragen ihre Streifen nicht nur auf dem Fell, sondern auch auf der Haut.

# Wusstest du,...

... dass die Firma Carglass
gerade in Großbritannien
Autoglass heißt?

Der Sprecher und die Sprecherin von Mickey Mouse und Minnie Mouse heirateten im echten Leben. Wayne Allwine und Russi Taylor waren bis zu seinem Tod 2009 ein Ehepaar.

Schweine können im Stehen nicht in den Himmel schauen, da sie den Kopf nicht weit genug heben können. Die schlauen Tiere können aber die Vorderbeine auf einen Absatz stellen oder sich auf den Rücken legen, um die Sterne zu beobachten.

# Fakten 29-32

Südkorea hat neben den üblichen Notrufnummern 110 und 112 auch noch die 113. Diese Nummer ist extra für die Meldung von Spionen vorgesehen.

Im 16. Jahrhundert waren schwarze Zähne in Europa angesagt. Vorbild war Elisabeth I., die zu viel vom Luxusprodukt Zucker genascht hatte. Damen ohne Karies wollten mit gefärbten Zähnen zeigen, dass sie sich auch Zucker leisten konnten.

Mücken bevorzugen Blutgruppe 0. Forscher haben herausgefunden, dass Menschen mit dieser Blutgruppe doppelt so häufig gestochen werden wie die mit Blutgruppe B. Noch weniger mögen Mücken das Blut der Gruppe A.

Astronauten haben im All eine leicht erhöhte Körpertemperatur von mindestens 38 Grad, das sogenannte Astronautenfieber. Ein möglicher Grund ist ein schlechterer Wärmeaustausch in der Schwerelosigkeit.

# Fakten 33-36

Schnecken haben ein Gebiss mit rund 22.000 Zähnen. Diese sind so weich, dass sie sich beim Fressen schnell abnutzen, deshalb bildet eine Schnecke jeden Tag mehrere neue Zahnreihen.

Haie existieren schon länger als Bäume auf unserer Erde. Seit mindestens 400 Mio. Jahren gibt es Haie, die Bäume kamen vor etwa 350 Mio. Jahren hinzu.

# 5.

# Vom ersten Handy zur ältesten Flaschenpost

# Fakten 37-40

Die längste Reise einer Flaschenpost begann 1886 im Indischen Ozean, als sie ins Meer geworfen wurde. Sie endete 2018 im australischen Perth. Der Absender bat den Finder höflich, sich bei ihm zu melden.

Hätte das Internet ein Gewicht, würde es 50 bis 60 Gramm wiegen. Dies berechnete der Physiker Russel Seitz anhand der Billionen von Elektronen, die im täglichen Datentransfer unterwegs sind.

Ein Mensch vergießt durchschnittlich 4,2 Mio. Tränen im Leben, das entspricht rund 70 Litern.

Ein Gemälde von Henri Matisse, "Le Bateau" (das Schiff), wurde am 18. Oktober 1961 im Museum of Modern Art in New York verkehrt herum aufgehängt. Erst am 3. Dezember fiel der Fehler einer Besucherin auf.

# Fakten 41-44

Die Anzahl an möglichen Schachzügen ist höher als die Zahl der Atome im gesamten Universum. Das Universum besteht aus etwa $10^{80}$ Atomen, es soll aber $10^{120}$ mögliche Schachzüge geben.

Das Tier, das im Vergleich zu seiner Körpergröße am höchsten springen kann, ist die Schaumzikade. Das nur 6 mm lange Insekt hüpft bis zu 70 cm hoch.

Das stärkste Insekt der Welt ist ein Mistkäfer namens Onthophagus taurus. Er kann das 1400-Fache seines eigenen Gewichts ziehen.

Die Bubblegum Alley (Kaugummigasse) ist ein Weg in der kalifornischen Stadt San Luis Obispo. Auf beiden Seiten sind die Hauswände über eine Länge von 21 Metern vollständig mit Kaugummis beklebt.

Am 21.09.1983 kam das erste Handy für Normalverbraucher auf den Markt. Das Motorola DynaTAC 8000X kostete 4000 Dollar, wog fast 800 Gramm und hatte die Maße 33 x 8,9 x 4,5 cm.

Die japanische Firma Nintendo gibt es bereits seit 1889. Sie stellte ursprünglich Spielkarten her und begann in den 1970er-Jahren mit der Entwicklung von Videospielen und Spielkonsolen.

# Fakten 45-48

1992 fielen während eines Pazifischen Sturms etwa 29.000 Gummienten von einem Container in den Ozean. Noch 2017 entdeckte man einige von den Enten.

Die erste E-Mail der Welt ging an tomlinson@bbntenexa. Raymond Tomlinson, der Entwickler der Mailfunktion, versandte 1971 die erste Testpost an sich selbst.

Bluetooth ist nach dem dänisch/norwegischen König Harald "Blauzahn" Gormsson aus dem 10. Jahrhundert benannt. Ein abgestorbener Zahn mit blaugrauer Färbung brachte ihm diesen Spitznamen ein.

Rockmusik erhöht den Appetit von Termiten, das fanden Forscher heraus. Bei E-Gitarren- und Bassklängen fraßen sich die Insekten deutlich schneller durch einen Holzklotz als bei besinnlicher Harfenmusik.

# Fakten 49-52

Nilpferde können mit dem Kopf unter Wasser schlafen. Ein Reflex lässt sie nach spätestens fünf Minuten auftauchen und Luft holen.

Wenn man den Schwanz eines Kängurus vom Boden hochhebt, kann es nicht springen. Die Beuteltiere brauchen ihren Schwanz wie ein zusätzliches Bein als Stütze beim Laufen und Hüpfen.

# 6.
# Von Barbie und Ken zu unbezahlbaren Raumanzügen

# Fakten 53-56

Der Gründer von Lamborghini verkaufte vor den Luxusautos Traktoren

Frauen blinzeln häufiger als Männer, nämlich 19 vs. 11 Lidschläge pro Minute. Weibliche Augenlider klimpern außerdem schneller als männliche. Die Gründe sind noch nicht erforscht.

Barbie heißt mit vollem Namen Barbara Millicent Roberts. Sie wurde nach Barbara Handler, der Tochter der Mattel-Inhaberin Ruth Handler, benannt. Ihren Partner Kenneth Sean Carson kennen wir als Ken.

Dicksein ist in Japan gesetzlich verboten, eine Ausnahme gilt für Sumoringer. Das Metabo-Gesetz regelt den zulässigen Bauchumfang für Menschen über 40: Ab 85 cm für Männer und 90 cm für Frauen drohen Konsequenzen.

# Fakten 57-60

Auch Franzosen lachen laut. Aber anstelle von "LOL" heißt es in Frankreich: "MDR". Das ist die Abkürzung für "mort de rire", was so viel bedeutet wie "sterben vor Lachen".

Giraffen können länger ohne Wasser überleben als Kamele, die spätestens nach 3 Wochen trinken müssen. Eine Giraffe bezieht den Großteil ihres Wasserbedarfs aus ihrer Nahrung, sie frisst am Tag etwa 30 Kilo Pflanzenteile.

Das Feuerzeug ist älter als das Streichholz. Johannes Wolfgang Döbereiner erfand 1823 in Jena ein einfaches Platinfeuerzeug mit Zink und Schwefelsäure. Das erste Streichholz entstand 1826 in England.

Sightseeing in Frankreich: Die meistbesuchte Attraktion ist nicht etwa der Eiffelturm, sondern Mickey Mouse. Den Eiffelturm sehen sich jährlich 7 Mio. Touristen an, Disneyland besuchen 15,3 Mio.

Laut Studien naschen wir weniger Snacks von roten Tellern als von weißen oder blauen. Möglicherweise schreckt uns die Farbe Rot ab, weil wir sie als Warnfarbe verinnerlicht haben.

Die teuersten Anzüge der Welt sind Raumanzüge. Das aktuelle Modell von Axiom Space kostet 214 Mio. Dollar. Aber die Investition lohnt sich: Ohne Schutzanzug könnte ein Mensch im All nur höchstens zwei Minuten überleben.

# Fakten 61-64

Manche Menschen fürchten sich vor langen Wörtern. Sie leiden an Sesquipedalophobie.

Kleopatra war keine Ägypterin, sondern Griechin. Sie entstammte der ptolemäischen Dynastie, die nach Alexander dem Großen von 323 bis 30 v. Chr. in Ägypten herrschte.

Fingernägel wachsen an der einen Hand schneller als an der anderen, und zwar an der bevorzugten Hand. Das liegt vermutlich daran, dass die häufiger benutzte Hand besser durchblutet wird als die andere.

Einer ist immer unterwegs: Seit dem 31.10.2000 waren nie mehr alle Erdbewohner gleichzeitig auf der Erde. Seitdem befindet sich immer mindestens eine Person im Weltall.

# Fakten 65-68

Die Henne gab es vor dem Ei. Forscher aus China und Großbritannien fanden heraus, dass die Vorfahren unserer Hühner keine Eier gelegt, sondern lebendige Küken geboren haben.

Nur ein US-Präsidenten hat während seiner Amtszeit im Weißen Haus geheiratet: Grover Cleveland. Seine Tochter Esther, geboren 1893, ist das bisher einzige im Weißen Haus geborene Präsidentenkind.

# 7.

# Von staatlichen Hellsehern zu Lachepidemien

# Fakten 69-72

Bayern hieß bis 1825 "Baiern" Ludwig I. ordnete per königlichem Erlass die Änderung der Schreibweise an, weil er ein Verehrer der hellenistischen Kultur war.

Zuhause schläft es sich wirklich am besten. Forscher fanden heraus, dass wir beim Schlafen in ungewohnter Umgebung die linke Hirnhälfte nie ganz abschalten, um bei drohender Gefahr schnell wach zu werden.

Bei Schnee wirkt die Welt nicht nur stiller sondern ist es tatsächlich auch. Schneekristalle fungieren als Geräuschdämpfer. Schallwellen, die in den lockeren Schnee eindringen, verirren sich in den Hohlräumen und finden nicht wieder hinaus.

US-Präsident Harry S. Truman hatte keinen zweiten Vornamen. Er führte das "S" in seinen Namen ein, um seine beiden Großväter Solomon Young und Anderson Shipp Truman zu ehren.

# Fakten 73-76

Ameisenmännchen haben keine Väter. Männliche Ameisen schlüpfen nur aus unbefruchteten Eiern, aus den befruchteten entstehen immer Weibchen.

Wer sich auf Staatskosten zum Hellseher ausbilden lassen möchte, muss in die Niederlande. Das Arbeitsamt dort übernimmt die Kosten für die Umschulung zum "spirituellen Telefonratgeber".

Der Kolibri ist der einzige Vogel, der rückwärts fliegen kann. Alle anderen können nur mit einiger Anstrengung auf der Stelle fliegen, aber niemals nach hinten.

Das Wiener Würstchen hat ein Bayer erfunden. Fleischermeister Johann Georg Lahner zog nach Wien und produzierte dort ab 1805 eine neue Variante des Frankfurter Würstchens. In Wien heißen diese Würste allerdings "Frankfurter".

Der im Iran geborene Mehran Karimi Nasseri lebte 18 Jahre im Terminal 1 des Flughafens Paris CDG. Da er bei seiner Ankunft keine Papiere bei sich hatte, konnte er weder nach Frankreich einreisen noch ausgewiesen werden.

Bei den Seepferdchen tragen die Männchen den Nachwuchs aus. Das Weibchen produziert die Eier und legt sie dann in der Bauchtasche des Männchens ab, das sie befruchtet und ausbrütet.

# Fakten 77-80

Lachen ist nicht immer gesund: 1962 brach in Tanganjika unter ca. 1000 Teenagern eine Lachepidemie aus, die mehrere Monate anhielt. Die Symptome der Massenhysterie reichten von Angstzuständen über Ohnmachtsgefühle bis zu Schmerzen.

Mord im Schlaf: Der Kanadier Kenneth Parks tötete 1987 beim Schlafwandeln seine Schwiegermutter. Ein medizinisches Gutachten bestätigte, dass er zur Tatzeit unzurechnungsfähig war, er wurde freigesprochen.

Die Hymne der britischen Labour Partei ist "the red flag". Einige Strophen werden zur Melodie von "Oh Tannenbaum" gesungen .

Feigen, die auf natürlichem Weg befruchtet wurden, sind nicht ganz vegan. Zur Eiablage muss die Feigenwespe in die Blüte krabbeln, wo sie ihre Flügel einbüßt und stirbt.

# Fakten 81-84

Honig wird nicht schlecht, er ist auch nach Jahrhunderten noch genießbar. Das liegt an dem hohen Zuckergehalt und an bestimmten Enzymen und Säuren, die ihn vor Pilzen und Bakterien schützen.

In der Wüste Arizonas gibt es einen Ort namens "Nothing". Er besteht aus einem unbewohnten Haus, einer alten Windmühle und einem Parkplatz.

# 8.

# Von Fingerabdrücken zu neuartigen Vampiren

# Fakten 85-88

Berlin hat mehr Museen als Regentage. Nur 106 Tage im Jahr regnet es in der deutschen Hauptstadt, da bleibt kaum genug Zeit, um alle 170 Museen zu besichtigen.

Pogonophobie ist die Angst vor Bärten. Diese seltene Phobie bezieht sich zumeist auf fremde Gesichtsbehaarung inklusive ihres Trägers, sie kann aber auch den eigenen Bartwuchs betreffen.

Heute werden täglich etwa 95 Mio. Bilder auf Instagram hochgeladen. Das sind schätzungsweise 200 Mal so viele Fotos wie im gesamten 19. Jahrhundert entstanden.

Die Person mit den meisten Piercings ist die Brasilianerin Elaine Davidson. Sie hat es geschafft, 462 Schmuckstücke gleichzeitig an sich unterzubringen, und hält damit den Weltrekord.

# Fakten 89-92

Fell ist nicht gleich Pelz. Hat eine Tierhaut 50 bis 400 Haare pro cm², handelt es sich um Fell. Bei dem dichteren Pelz müssen per Definition mehr als 400 Haare auf einem Quadratzentimeter wachsen.

Leseratten leben knapp zwei Jahre länger als Nichtleser. Auch bei gelegentlichen Lesern steigt die Lebenserwartung an. Dies fanden Forscher der Universität Yale heraus.

Alexander der Große war nach Schätzungen zwischen 1,50 und 1,60 m groß, was auch zu seiner Zeit klein war.

Anthropologen fanden heraus, dass es schon Neandertaler mit roten Haaren und Sommersprossen gab. Das Gen, das dafür verantwortlich ist, existiert seit mehr als 50.000 Jahren.

# Wusstest du,...

... dass das Herz eines Blauwals
ca. so groß ist wie ein Kleinwagen?

Nur ein Mitglied der Band ZZ Top hatte keinen Bart: Frank Beard.

Inemuri ist eine anerkannte Form des öffentlichen Nickerchens in Japan. Der Kurzschlaf in der Bahn, auf der Parkbank oder im Büro zeigt, dass der Schläfer bis zur Erschöpfung an wichtigen Aufgaben gearbeitet hat.

# Fakten 93-96

Deutsche verbrauchen durchschnittlich 20 Blatt Toilettenpapier am Tag. Aneinandergereiht käme im Jahr locker ein Kilometer zusammen.

Vampire gibt es doch: Eine Fledermausart in Brasilien ist auf Menschenblut umgestiegen. Eigentlich bevorzugen die Sauger Vogelblut, sie finden aber wegen der Zerstörung ihres Lebensraums nicht mehr genug Beute.

Nicht nur Affen können malen. 2017 stellte erstmals ein Braunbär seine Gemälde in einer Galerie in Helsinki aus. Seine Werke wurden für bis zu 4000 Euro für einen wohltätigen Zweck verkauft.

Eine Packung Kaugummi war das erste Produkt, das mit einem Barcode gescannt wurde.

# Fakten 97-100

Der erste Wecker konnte nur zu einer einzigen Uhrzeit klingeln, nämlich um 04:00 Uhr morgens.

Nicht nur Menschen können anhand ihres Fingerabdrucks identifiziert werden. Auch Menschenaffen und Koalas haben individuelle Fingerabdrücke.

# 9.
# Von gefährlichen Stechmücken zu Golfball-Dimples

# Fakten 101-104

Der menschliche Körper enthält etwa 0,2 mg Gold. Vor allem fließt das Gold in unseren Blutgefäßen.

Das Tier mit dem dichtesten Pelz ist der Seeotter. Bei ihm wachsen etwa 100.000 Haare auf einem Quadratzentimeter Haut. Das entspricht der Gesamtmenge auf einem durchschnittlichen Menschenkopf.

Ein Mensch kann höchstens 150 Freunde haben, da unser Gehirn weitere Kontakte nicht koordinieren kann. Zu diesem Ergebnis kam der Psychologe Robin Dunbar, weshalb die 150 als Dunbar-Zahl bekannt wurde.

Das gefährlichste Tier, gemessen an der Anzahl der Todesopfer, ist die Stechmücke. Durch die Übertragung von Krankheiten töten Mücken etwa 275.000 Menschen pro Jahr. Durch Haiattacken sterben jährlich nur 10 Personen.

# Fakten 105-108

Der längste Flug eines Huhnes der je aufgezeichnet wurde, dauerte nur 13 Sekunden.

Das erste Videospiel hieß Tennis for two und wurde im Jahr 1958 erfunden-

Zeitlich betrachtet lebte Kleopatra weiter entfernt vom Bau der Cheopspyramide (etwa 2680 v. Chr.) als von der Erfindung des Internets oder der Mondlandung.

Schweizer Mieter dürfen von 22 bis 6 Uhr ihre Toiletten nicht abspülen. Zwar ist das nächtliche Spülverbot nicht im Gesetz verankert, wird aber standardmäßig in der Hausordnung vereinbart.

Bei 70 % aller E-Mails handelt es sich um Spam. Unter den insgesamt etwa 294 Milliarden Posteingängen am Tag befinden sich somit mehr als 200 Milliarden Spammails.

Die höchste Lebenserwartung weltweit haben die Einwohner von Monaco. Sie beträgt 85,6 Jahre bei Männern und 93,5 Jahre bei Frauen, das sind durchschnittlich 89,5 Jahre.

# Fakten 109-112

Dimples, eingedeutscht Dimpel, heißen die Dellen im Golfball, von denen jeder 300 bis 450 aufweist. Diese besondere Struktur soll die Fluggeschwindigkeit des Balles erhöhen.

In Island gibt es keine Mücken. Ein gutes Argument für einen Urlaub dorthin.

# 10.
# Von langen Nationalhymnen zum schrumpfenden Eifelturm

Der lateinische oder wissenschaftliche Name von Gorillas ist gorilla gorilla.

Die sogenannte Gotteszahl gibt an, wie viele Drehungen nötig sind, um einen Zauberwürfel in die Ausgangsposition zu bringen. Die Zahl, nach der Mathematiker seit den 80er-Jahren suchten, ist gefunden und lautet 20.

# Fakten 113-116

Blinde Autofahrer dürfen laut der deutschen Straßenverkehrsordnung nicht nur Behindertenparkplätze nutzen, sondern auch im eingeschränkten Halteverbot parken oder Anwohnerparkplätze belegen.

Die Bewohner von Llanfairpwllgwyngyll in Wales haben sich für Touristen eine Langversion ihres Namens ausgedacht. Auf dem Bahnhofsschild steht: Llanfairpwllgwyngyllgogery-chwyrndrobwllllantysilio-gogogoch.

# Fakten 117-120

Die längste Nationalhymne mit 158 Strophen hat Griechenland. Aber die meisten Griechen kennen und singen nur die ersten zwei oder drei Strophen.

In Deutschland ist es erlaubt, nackt Auto zu fahren, aber nicht nackt auszusteigen. Im privaten Auto darf sich jeder für oder gegen Kleidung entscheiden. Auf der Straße wird das Nacktsein aber zu einer Belästigung der Allgemeinheit.

Im englischen Original wurden Yoda und Miss Piggy von derselben Person synchronisiert. Beiden lieh der Sprecher Frank Oz seine Stimme.

Tyromantie, auch Käse-Deuterei genannt, ist die Kunst der Zukunftsvorhersage anhand von Käse.

# Fakten 121-124

Es gibt in den USA ein Dorf mit dem Namen "Boring". Ob es dort wohl auch langweilig ist?

Nur etwa 8 % des weltweit vorhandenen Geldes wurde auf Papier gedruckt. Die übrigen 92 % liegen auf Servern.

Die größte Gummientensammlung der Welt umfasst ca. 9000 verschiedene Exemplare.

Viele Geräusche des des T-Rex in "Jurassic Park" stammen von einem kleinen Jack Russell Terrier.

Der Tamagotchi wurde als virtuelles Haustier im Jahr 1996 in Japan eingeführt. 1997 wurde jede Sekunde ein Tamagotchi verkauft.

Grunge wurde 1991 durch das von Nirvana veröffentlichte Album „Nevermind" zum Mainstream.

# Fakten 125-128

Der Eiffelturm ist im Sommer bis zu 15 cm höher als im Winter. Bei Hitze dehnt sich die Stahlkonstruktion aus, bei niedrigen Temperaturen zieht sie sich wieder zusammen.

Erst seit 1896 dürfen auf deutschen Fußballfeldern keine Bäume und Sträucher mehr stehen. Dies legten die Jenaer Regeln fest.

Beim Menschen ist nicht nur der Fingerabdruck unverwechselbar, sondern jede Person könnte auch am Zungenabdruck, Gang, Poabdruck oder Herzschlag identifiziert werden.

Der kürzeste Krieg aller Zeiten war nach 38 Minuten vorbei. Er fand zwischen Großbritannien und Sansibar am 27.08.1896 von 9.00 bis 9.38 h statt.

# Fakten 129-132

Soziale Wesen: Kühe haben beste Freundinnen und reagieren mit Stress wenn sie von diesen getrennt werden.

Im Sudan gibt es doppelt so viele Pyramiden wie in Ägypten: 200 bis 255 Pyramiden stehen im antiken Nubien, in Ägypten sind es schätzungsweise 118.

# 11.
# Von schweren Sommerwolken zu jodelnden Hunden

# Fakten 133-136

Die Autorin von Harry Potter ist die erste Schriftstellerin, die durch das Schreiben zur Milliardärin wurde.

Eine Reispflanze enthält mehr Erbinformationen als der Mensch. Reis hat 42.000 bis 63.000 Gene, beim Menschen sind es nur zwischen 30.000 und 40.000.

Das Geräusch wenn man sich ins Internet über eine Telefonleitung einwählte, war in den 90ern allgegenwärtig und konnte mehrere Minuten andauern.

Männliche Brustwarzen haben keine Funktion. Die Natur hat sich offenbar Arbeit erspart, indem sie alle Embryonen mit den gleichen Anlagen ausgestattet hat.

# Fakten 137-140

Ein Blitz ist fast sechs Mal heißer als die Sonnenoberfläche. Er kann bis zu 30.000 Grad Celsius erreichen, während auf der Sonne "nur" 5.500 Grad Celsius herrschen.

In den frühen 2000 er Jahren war MySpace die größte Social Media Plattform bevor es von Facebook überholt wurde.

Seit dem 14. Juni 1913 dürfen in den USA Menschen nicht mehr per Post verschickt werden. Zuvor hatten einige Eltern versucht, ihre Kinder günstig im Postsack zu versenden, anstatt teure Zugtickets zu kaufen.

Pareidolie beschreibt das Phänomen, dass der Mensch jedem Reiz, den er wahrnimmt, einen Sinn geben möchte. So sehen wir Tiergestalten in Wolken oder hören geflüsterte Worte in der rauschenden Heizung.

Eine durchschnittliche Sommerwolke mit einer Ausdehnung von 100 mal 100 m wiegt etwa 7.500 kg. Das entspricht dem Gewicht von 1,5 Elefanten.

Die linke Gesichtshälfte des Menschen bringt Emotionen stärker zum Ausdruck als die rechte. Der Unterschied ist jedoch so gering, dass wir ihn im alltäglichen Leben nicht wahrnehmen.

# Fakten 141-144

Die höchste von Menschen erzeugte Temperatur liegt bei ca. 5,5 Billionen Kelvin. Forscher am Kernforschungszentrum CERN beschleunigten im Jahr 2011 Blei-Ionen, um die Bedingungen nach dem Urknall zu simulieren.

Hunde, die jodeln, beißen nicht: Der Basenji kann aufgrund seines flachen Kehlkopfs nicht bellen. Stattdessen stößt er freundliche Jodeltöne aus, wenn er aufgeregt ist.

Unterhosen für die Ewigkeit: Zu Tutanchamuns Grabbeigaben gehörten 145 Leinendreiecke, die teilweise neu und teilweise bereits von ihm getragen waren.

Die Datenmenge in einem Gramm DNA würde ungefähr auf eine Mio. CDs passen.

# Fakten 145-148

In der Schweiz ist es verboten, am Sonntag Wäsche im Freien trocknen zu lassen. Das Wäschewaschen selbst ist nicht verboten, das Verbot dient allein der Ästhetik.

Die menschliche Magensäure hat einen pH-Wert von 1 bis 3 und ist etwa so aggressiv wie Batteriesäure. Sie zersetzt nicht nur Nahrungsmittel, sondern könnte auch Metalle angreifen.

# 12.
# Vom 30. Februar zum Internet als Hype

# Fakten 149-152

Nur für Hunde: In den Beatles-Song "A Day in the Life" hat Paul McCartney einen hochfrequenten Pfeifton eingebaut, der nicht für Menschen, aber für Hunde hörbar ist.

Bei dem ersten Flashmob im Jahr 2003 in New York, erkundigten sich hunderte Menschen in einem Kaufhaus nach einem Teppich.

Die Frauen der deutschen Fußballnationalmannschaft gewannen 1989 die EM. Als Siegprämie überreichte der DFB jeder von ihnen lediglich ein geblümtes Kaffeeservice.

Interessant: Auch Krankenwagen müssen einen Verbandskasten mitführen, das verlangt die deutsche StVZO in § 35 h.

# Fakten 153-156

Etikettenschwindel? "Toast Hawaii" ist eine deutsche Erfindung und kommt nicht aus Hawaii. Der Fernsehkoch Clemens Wilmerod stellte ihn 1953 in seiner Sendung "Es liegt auf der Zunge" vor.

David Hu und Kollegen stellten 2014 das "Gesetz des Urinierens" auf. Sie fanden heraus, dass alle Säugetiere ungeachtet ihrer Größe etwa die gleiche Zeit brauchen, um ihre Blase zu leeren, nämlich 21 Sekunden.

Die australische Armee kämpfte 1932 gegen eine Herde großer Emus. Das Ganze ist auch als Great Emu War bekannt.

"Das Internet ist nur ein Hype", sagte Bill Gates 1993 und wies seine Mitarbeiter an, sich erst einmal wichtigeren Dingen zu widmen.

# Wusstest du,...

... dass Kakerlaken fast 9 Tage ohne Kopf leben können?

Um eine Kolonie auf dem Mars zu gründen, wären nach einer Simulation nur 22 Menschen nötig. Das wichtigste Auswahlkriterium für die Siedler ist aus Sicht der Forscher ihre soziale Verträglichkeit.

Drei Hunde haben den Untergang der Titanic überlebt. Insgesamt waren 12 Hunde an Bord.

# Fakten 157-160

Die Ananas war im 18. Jahrhundert in Europa so teuer, dass sie gemietet wurden, um damit auf Partys anzugeben.

Auf dem Mount Everest ist es unmöglich, ein Ei zu kochen. Um das Ei zum Stocken zu bringen, sind 84,5 Grad nötig, in der Höhe von 8848 m verdampft das Wasser aber schon bei 70 Grad.

Einmalig: In Schweden gab es im Jahr 1712 den 30. Februar. Der zusätzliche Tag wurde im Zuge der Umstellung vom julianischen zum gregorianischen Kalender eingefügt.

Der deutsche Reisepass liegt in der Konkurrenz um den wertvollsten Pass zusammen mit fünf anderen Staaten auf Platz 1. Er ermöglicht visumfreie Reisen in 194 Länder.

# Fakten 161-164

Nur zwei Menschen wurden sowohl als Spieler als auch als Trainer Fußballweltmeister: Franz Beckenbauer und Mario Zagallo.

Ein Feuer lässt sich effektiver mit warmem Wasser löschen als mit kaltem. Grund ist, dass entstehender Wasserdampf den Zugang von Sauerstoff verhindert und warmes Wasser schneller verdampft.

# 13.
# Von daddelnden Chirurgen zu wachsender Leber

# Fakten 165-168

Das isolierteste Volk der Welt sind die Sentinelesen. Die Gruppe von geschätzt 50 bis 80 Personen lebt auf der Insel North Sentinel Island im Golf von Bengalen ohne Kontakt zur Außenwelt.

Stadtvögel verbauen neuerdings Zigarettenstummel in ihren Nestern. Forscher vermuten, dass sie damit Parasiten abwehren. Sie fanden in Nestern mit Zigarettenresten weniger Zecken, Flöhe und Milben vor.

Das Lieblingsgetränk von Papst Benedikt XVI. war Fanta. Deshalb gab es zu seiner Zeit immer reichliche Limonadenvorräte im Vatikan.

Am 18. April 1930 passierte in der Welt so wenig, dass der BBC Sprecher im Radio verkündete: "Heute gibt es keine Nachrichten". Inzwischen hat ein Brite mithilfe von KI den ereignislosesten Tag seit 1910 berechnet und ist auf den 11. April 1954 gekommen.

# Fakten 169-172

Die Entfernung von Athen nach Marathon beträgt etwa 40 km. Die Streckenlänge von 42,195 km wurde erstmals bei der Olympiade in London 1908 festgelegt, damit die Laufstrecke an Schloss Windsor vorbeiführte.

Papier ist King: Was wir auf Papier geschrieben haben, können wir uns besser merken als die Infos, die wir ins Handy getippt haben.

Affen, die Zeichensprache erlernt haben, können zwar Antworten geben, aber noch nie hat ein Affe eine Frage gestellt. Forscher vermuten, dass dafür ein höheres kognitives Niveau nötig wäre, das Affen nicht besitzen.

Irreführender Name: Das arabische Zahlensystem, das wir heute weltweit nutzen, stammt nicht aus Arabien, sondern wurde in Indien entwickelt.

# Wusstest du,...

... dass das Park-Skaten in leeren Swimmingpools in den 1970er Jahren in Kalifornien populär wurde?

Küstenbewohner, sind einer Studie nach die gesündesten und glücklichsten. Auf einer Skala mit 100 Punkten liegen Küstenbewohner 6 Punkte vor Stadtmenschen, Wald- und Wiesenbewohner haben nur 2 Punkte Vorsprung vor Städtern.

Krasse Regeneration: Nach einer Leberspende wächst der entnommene Teil wieder nach, bis die Leber fast ihre ursprüngliche Größe erreicht hat.

# Fakten 173-176

Chirurgen, die mindestens drei Stunden pro Woche Videospiele spielen, machen bei der Arbeit 37 % weniger Fehler und arbeiten 27 % schneller als Nichtspieler. Das fand ein New Yorker Chirurg in Experimenten heraus.

Der Flynn-Effekt beschreibt die Tatsache, dass die gemessene Intelligenz der Menschheit stetig zunimmt. Warum wir immer schlauer werden, ist noch nicht erforscht.

# 14.
# Von Menschen-Allergie zur Angst vor Gemüse

Ganz weit weg: Der abgelegenste Punkt der Welt ist Point Nemo und liegt zwischen Neuseeland und Chile. Er ist jeweils 2688 Kilometer von der Antarktis, der Insel Motu Nui und Ducie Island entfernt.

Schlangen können vor Erdbeben warnen. Sie spüren bis zu 5 Tage vorher, wenn die Erde beben wird. Das liegt vermutlich an ihren Infrarotsensoren, mit denen sie schon minimale Temperaturveränderungen wahrnehmen können.

# Fakten 177-180

In vielen Einstellungen des Films "Fight Club" taucht im Hintergrund ein Starbucks-Becher auf. Es handelte sich nicht um Werbung, sondern um Konsumkritik.

Legofiguren würden die größte Bevölkerungsgruppe der Welt bilden, wenn sie lebendig wären. Mehr als 4 Milliarden gibt es weltweit. Im Vergleich: In China leben 1,3 Milliarden Menschen.

# Fakten 181-184

Auch in Südkorea wird der Valentinstag gefeiert. Aber dort schenken nur die Frauen den Männern etwas.

Die Universität Oxford ist älter als das Aztekenreich. Die Elite-Uni wurde erstmals im Jahr 1096 erwähnt, der erste Stadtstaat der Azteken entstand 1325 in Tenochtitlan.

1878 erschien das erste Telefonbuch der Welt in New Haven/Connecticut. Es enthielt 50 Einträge.

Hunde können an einer Menschenallergie leiden. Es steht noch nicht fest, ob vielleicht Mykoplasmen oder Proteine in menschlichen Hautschuppen der Auslöser sind. Jedenfalls soll Inhalieren die Symptome lindern.

# Fakten 185-188

Verschiedene Astronauten haben übereinstimmend berichtet, dass es auf dem Mond nach verbranntem Schießpulver riecht.

Schuhcreme im Haar: Elvis Presley war eigentlich blond. Er begann schon früh, sich die Haare dunkel zu färben, um cooler auszusehen. Als er dafür zeitweise kein Geld hatte, rieb er sich die Haare mit Schuhcreme ein.

Der Grönlandhai ist das Tier mit der höchsten Lebenserwartung. Das älteste bisher untersuchte Exemplar ist rund 400 Jahre alt geworden.

Im US-Bundesstaat Indiana liegt die Kleinstadt Santa Claus. Jedes Jahr beantworten Freiwillige kistenweise Briefe, die Kinder an den Weihnachtsmann geschickt haben.

Panische Angst vor Gemüse wird Lachanophobie genannt. Die Betroffenen verspüren Ekel und Angstgefühle, wenn sie Gemüse anfassen oder auch nur sehen.

Wer bei der NASA an Marsprojekten mitarbeitet, muss auch auf der Erde in Marszeit leben. Für die Mitarbeiter gibt es spezielle Uhren, die jeden Tag 24 Stunden, 39 Minuten und 35 Sekunden ticken.

# Fakten 189-192

In Äthiopien und Eritrea sind Familiennamen unbekannt. Stattdessen bekommen Kinder die Vornamen ihrer Väter und eventuell Großväter angehängt.

Der Planet Neptun wurde als erster Planet nicht durch Beobachtung, sondern durch Berechnung entdeckt. Johann Gottfried Galle und einer seiner Studenten fanden den Eisriesen 1846.

Augen auf bei der Berufswahl: In Indien schützen sich Arbeiter im Wald mit einer am Hinterkopf befestigten Maske gegen bengalische Tiger. Die aufgemalten Gesichter sollen Raubtiere verwirren und sie vom Angriff abhalten.

Laut Umfragen trägt ein Viertel der deutschen Katzenbesitzer ständig ein Bild seines vierbeinigen Lieblings in der Brieftasche mit sich herum. Mindestens jeder Zweite hat ein Handyfoto dabei.

# Fakten 193-196

Dihydrogenmonoxid ist kein gefährliches Gift, sondern die chemisch korrekte Bezeichnung für Wasser (H2O).

Die widerstandsfähigsten Tiere auf der Erde sind wahrscheinlich Bärtierchen. Die winzigen Häutungstiere können 30 Jahre ohne Nahrung überleben und sind gegen Wettereinflüsse weitgehend resistent.

# 15.
# Von Lösegeld zu kitzeligen Ratten

# Fakten 197-200

Lösegeldzahlungen an Entführer sind in Deutschland steuerlich absetzbar, wenn bestimmte Voraussetzungen vorliegen.

In der Kürze liegt die Würze: Die kürzeste Nationalhymne hat Japan. Das "Kimi Ga Yo" ist ein Kurzgedicht aus 25 Schriftzeichen, das in der deutschen Übersetzung mit 17 Wörtern auskommt.

Muscheln haben blaues Blut weil es kein eisenhaltiges Hämoglobin, sondern kupferhaltiges Hämocyanin enthält.

Urlaub hinter Gittern: Im lettischen "Gefängnishotel" Karosta, einem ehemaligen Militärgefängnis, können Touristen eine Nacht in der Zelle verbringen. Beim Check-out gibt es ein Verbrecherfoto als Andenken.

# Fakten 201-204

Durchschnittlich verliert eine Katze im Laufe ihres Lebens 7 kg Haare.

Ratten sind kitzelig und quietschen wenn sie gekitzelt werden.

Das lauteste je gemessene Katzenschnurren erreichte 67,8 Dezibel. Diesen Rekord stellte Kater Merlin aus Torquay im Jahr 2015 auf.

Das erste Handy-Gespräch führte der Motorola-Ingenieur Martin Cooper am 1973 in New York. Der Inhalt war unspektakulär, Cooper versicherte seinem verdutzten Kollegen, dass er ihn wirklich von einem Mobiltelefon anrief.

Jeder achte Erwachsene in Deutschland ist "funktionaler Analphabet". 6,2 Mio. Menschen können einfache Wörter und Sätze lesen und vielleicht auch schreiben, aber keine zusammenhängenden Texte verstehen oder verfassen.

In den 1950er-Jahren wurde der britische Panzer Centurion mit einem Wasserkocher ausgestattet, damit die Soldaten sich frischen Tee aufbrühen konnten. Das hat sich so gut bewährt, dass es heute noch zum Standard gehört.

# Fakten 205-208

Zufallsprodukt: Die Grapefruit entstand vor etwa 300 Jahren auf Barbados, als sich zufällig Pampelmusen und Orangen kreuzten.

Fußabdrücke auf dem Mond bleiben dort mehrere Millionen Jahre bestehen, da es keinen Wind gibt, der sie verweht.

Der Weltrekord im 100 m-Lauf in der Altersklasse Ü-100 liegt bei 29,83 Sekunden. Der Japaner Miyazaki Hidekichi lief diese Bestleistung im Jahr 2010 als 100-Jähriger.

Ein Graupapagei namens Alex ist das bisher einzige Tier, das jemals eine Frage gestellt hat. Er fragte: "Welche Farbe?", als ihm ein Spiegel hingehalten wurde.

# Fakten 209-212

Das längste Tennismatch aller Zeiten fand 2010 in Wimbledon statt. Es dauerte 11 Stunden und 5 Minuten. John Isner gewann den fünften Satz mit 70:68 gegen Nicolas Mahut.

Ausnahme: Drei Menschen auf der Welt brauchen keinen Reisepass, um kreuz und quer durch die Welt zu fliegen: König Charles III., Kaiser Naruhito von Japan und seine Ehefrau Kaiserin Masako.

# 16.

# Vom größten Vulkan bis zum Nasebohren

# Fakten 213-216

Die bis jetzt teuerste Domain der Welt ist privatejet.com, die für mehr als 30 Mio. Dollar verkauft wurde. In Deutschland liegt kredit.de mit einem Kaufpreis von 892.500 Euro auf Platz 1.

Bei den Olympischen Sommerspielen 1904 in St. Louis fand wirklich ein Wettbewerb im Sackhüpfen statt.

1983 wurde in den USA die erste kommerzielle CD gepresst. Es war "Born in the USA" von Bruce Springsteen. Das Album belegte 139 Wochen Platz 1 der Charts.

Der größte und höchste Vulkan in unserem Sonnensystem ist der Olympus Mons auf dem Mars. Er hat einen Durchmesser von 600 km und ist 22 km hoch.

# Fakten 217-220

Wer einfach nicht aufhören kann, in der Nase zu bohren, leidet an Rhinotillexomanie.

Geldwäsche: Unsere Euroscheine überstehen einen Waschgang in der Maschine selbst bei 90 Grad. Sie werden in der Produktion diversen Härtetests unterzogen.

Wahnsinnig tief: Der Erdbewohner, der abgesehen von Einzellern am tiefsten lebt, ist der Teufelswurm. Sein Lebensraum befindet sich etwa 1,3 km unter der Erdoberfläche.

In Japan und Korea gehört lautes Schmatzen beim Essen zum guten Ton. Nur am Geräuschpegel erkennt der Koch, wie gut es schmeckt.

Amerikanische Forscher entdeckten ein sogenanntes Uhren-Gen, das unseren Schlafrhythmus beeinflusst. So kann es von unserem Erbgut abhängen, ob wir Frühaufsteher oder Langschläfer sind.

Der stärkste Muskel im menschlichen Körper ist der Musculus masseter, einer der vier Kaumuskeln. Er erledigt ungefähr 50 % der Kauleistung und hat gemessen an seiner Größe die stärkste Hebelkraft von allen Muskeln.

# Fakten 221-224

Der Begriff "Seifenoper" entstand in den 1930er-Jahren in den USA. Denn zwischen den Episoden wurden häufig Werbespots für Seife und Waschmittel gezeigt.

Schon in der Steinzeit kauten unsere Vorfahren Kaugummi. Das älteste bisher gefundene Exemplar besteht aus Birkenpech und ist etwa 9000 Jahre alt.

Es ist möglich, ein Glas zu zersingen, unter drei Voraussetzungen: Der Gesang muss mindestens 100 Dezibel laut sein, genau den Ton treffen, den das Glas beim Anschlag von sich gibt, und lange genug anhalten.

In Bayreuth ist es gelungen aus Erdnussbutter unter Druck Diamanten zu erzeugen.

# Fakten 225-228

Mit 1:1 enden die meisten Fußballspiele. Dieses Ergebnis ist sowohl in der Bundesliga als auch bei Weltmeisterschaften das häufigste.

Der Negativitäts-Bias ist eine Verzerrung der Wahrnehmung, die uns in die Wiege gelegt wurde: Negative Gefühle und Gedanken nehmen wir schneller auf als positive. Um eine Beleidigung auszugleichen, sind deshalb fünf Komplimente nötig.

# 17.
# Von Angst vor Knöpfen zu radioaktivem Lächeln

# Fakten 229-232

Wenn wir nachts aufwachen und nach weniger als fünf Minuten wieder einschlafen, speichert das Gehirn die Unterbrechung nicht ab und wir erinnern uns morgens nicht daran.

Robert Mitera schlug am 07. Oktober 1965 in Nebraska das bisher längste "Hole in one". Der Ball flog 406 Meter weit, um dann genau im Loch zu landen. Mitera konnte sich erst später freuen, weil er es vom Abschlag aus nicht sehen konnte.

Gibt es wirklich: Die Allgemeine Laber-Zeitung versorgt die Landkreise Kelheim und Mallersdorf in Niederbayern täglich mit druckfrischen Informationen.

Beim Kuhfladenbingo wetten die Teilnehmer auf welches Feld die Kuh ihren Fladen fallen lässt. Dieses Spiel existiert wirklich.

# Fakten 233-236

Jedes Jahr wird ein Tag 20 Millionstel Sekunden länger, weil sich die Erdrotation verlangsamt. Als die Dinosaurier vor 70 Mio. Jahren ausstarben, hatte ein Tag nur 23,5 Stunden und das Jahr 372 Tage.

Manche Menschen ekeln sich vor Knöpfen. Diese spezifische Angststörung nennt sich Koumpounophobie.

Die Nase des Menschen nimmt mehr Reize wahr als Ohren und Augen zusammen. Sie kann bis zu eine Billion Gerüche unterscheiden und sie im Gehirn als Erinnerung abspeichern.

Die engste Straße der Welt befindet sich in der Altstadt von Reutlingen in Baden-Württemberg. An der schmalsten Stelle der Spreuerhofstraße müssen sich Passanten durch einen 31 cm breiten Spalt schieben.

Auch Enten kommunizieren in Dialekten, das fand eine Sprachforscherin der Uni Middlesex heraus. Londoner Stadtenten schnattern viel lauter und schärfer als ihre entspannten Artgenossen aus Cornwall.

Das Internet wurde in Genf erfunden. Zwar gab es in den USA schon seit den 1960ern den Vorläufer ARPAnet, aber Tim Berners-Lee gab mit seiner Entwicklung des Hypertext-Transfer-Protokolls (HTTP) 1989 den Startschuss für das World Wide Web.

# Fakten 237-240

Gehört niemandem: Es gibt noch Niemandsland auf der Weltkarte: Zwischen Ägypten und dem Sudan liegt der 2060 Quadratkilometer große Streifen Bir Tawil. Kein Staat erhebt Anspruch auf das unbewohnte Gebiet.

Wer eine Briefmarke anleckt, nimmt 0,1 Kalorien zu sich.

Krasse Fakten für echte Klugscheißer

Schon im antiken Rom gab es Toilettenbürsten. Schriftliche Überlieferungen erwähnen das Xylospongium, einen Holzstab, an dessen einem Ende ein Schwamm befestigt war.

Die Nasa hat einen UFO-Direktor, dessen Aufgabe darin besteht, qualifizierte Daten über ungewöhnliche Phänomene zu sammeln.

# Fakten 241-244

Radioaktives Lächeln: Bis 1945 gab es die radioaktive Zahnpasta Doramad, die Thorium-X enthielt. Die radioaktiven Stoffe sollten angeblich Bakterien abtöten, die Zähne aufhellen und die Abwehrkräfte von Zahn und Zahnfleisch stärken.

Der Name Google leitet sich vom Begriff Googol ab, der für eine Zahl mit 100 Nullen steht.

# Wusstest du,...

... dass wenn das Internet ein
Land wäre, es auf Rang 6 der Länder
mit der höchsten CO2 Emission läge?

# 18.
# Von Schoko-Briefmarken zu alten Pyramiden

# Fakten 245-248

Donald Trump gewann drei Goldene Himbeeren als schlechtester Schauspieler. 1991 wurde er für seine Rolle in "Ghosts Can't Do It" ausgezeichnet, 2019 sowohl für "Death of a Nation" als auch für "Fahrenheit 11/9".

"Allgemeiner Unsinn" ist unter Mathematikern kein Diss. Der Begriff bezieht sich auf abstrakte Argumente der Kategorientheorie.

Die CD ist eine Erfindung aus Niedersachsen. Polygram entwickelte die dünnen Silberscheiben Anfang der 1980er-Jahre in Langenhagen bei Hannover. Am 17. August 1982 startete hier die Serienproduktion.

Vor 400 bis 350 Mio. Jahren waren Riesenpilze die vorherrschenden Organismen der Erdoberfläche. Diese Prototaxiten ähnelten den heutigen Stinkmorcheln und wurden bis zu 8 Meter hoch.

# Fakten 249-252

Der bislang älteste Spieler bei einer Fußball-WM war der ägyptische Torwart El Hadary. Er nahm mit 45 Jahren und 161 Tagen an seinem letzten Spiel bei der WM 2018 in Russland teil.

Bereit für UFOs: Im kanadischen Städtchen St. Paul in Alberta wurde 1967 der weltweit erste UFO-Landeplatz errichtet. Bisher sind noch keine Außerirdischen eingetroffen.

Der Amerikaner Larry Walters stieg 1982 auf einem Gartenstuhl mit 45 Heliumballons auf 4.900 m Höhe auf. Nach 2 Stunden verfingen sich bei der Landung die Ballonleinen in Stromkabeln, aber der Pilot konnte gerettet werden.

Belgien brachte 2013 eine Serie von Briefmarken mit Kakaoöl in der Gummierung und Schokoladenaroma in der Druckfarbe heraus. Die Marken dufteten nicht nur, sondern schmeckten beim Anlecken sogar schokoladig.

Als die Pyramiden von Gizeh erbaut wurden, gab es noch Mammuts auf der Erde. Die letzten Mammuts lebten noch bis 1650 v. Chr. auf der Wrangelinsel vor Sibirien.

Etwa 46 Blitze entstehen in jeder Sekunde, das sind vier Millionen pro Tag. Viele ihrer Lichtbögen erreichen die Erde aber nicht, weil sich die Spannung schon in den Wolken entlädt.

# Fakten 253-256

Die am schnellsten wachsende Pflanze ist die Wasserlinse, auch als Entengrütze bekannt. Sie verdoppelt ihre Masse innerhalb von drei Tagen.

In der Antarktis gibt es zwei Geldautomaten, an denen sich die rund 1.200 Bewohner der McMurdo-Station mit Bargeld versorgen können. Ausgeben können sie es im einzigen Supermarkt oder in der Wäscherei.

Der Big-Mac-Index vergleicht die Kaufkraft von Währungen anhand des Preises für einen Big Mac in den jeweiligen Ländern. Die britische Zeitung The Economist erfand diesen Indikator im Jahr 1986.

Im antiken Rom wurden Herrscherstatuen oft mit abnehmbaren Köpfen gebaut. So konnte nach einem Machtwechsel schnell der Kopf ausgetauscht werden.

# Fakten 257-260

Das Land mit der längsten Küste der Welt ist Kanada mit 243.042 Kilometern, wobei die Küsten der Inseln mitgerechnet wurden.

Spatzenhirn: Im Verhältnis zur Körpergröße ist das Gehirn eines Spatzen deutlich größer als das des Menschen.

# 19. Von fliegender Pizza zu Wüstensand

# Fakten 261-264

Der heißeste Planet in unserem Sonnensystem ist die Venus. An ihrer Oberfläche herrschen wegen eines starken Treibhauseffekts durchschnittlich 464 Grad Celsius.

Nur ein Fünftel der Sahara ist wirklich mit Sand bedeckt. Der Rest der 8,6 Mio. Quadratkilometer besteht aus felsigen Plateaus und Ebenen mit Steine verschiedener Größen.

7.139 verschiedene Sprachen gibt es auf der Welt, dazu kommen unzählige Dialekte. Die Hälfte der Weltbevölkerung verständigt sich aber in den 23 meistverbreiteten Sprachen.

Pizza im Flug: Auch in Alaska lieben die Menschen Pizza. Seit den frühen 2000er-Jahren gibt es den Lieferdienst "Airport Pizza", der Kunden im Umkreis von 150 km per Flugzeug beliefert.

# Fakten 265-268

Facebook bezahlt jedem, der eine Sicherheitslücke findet und meldet, 500 Dollar.

Die Durchschnittstemperatur in unserem Universum liegt bei minus 270 Grad Celsius. Das sind 3 Grad über dem absoluten Nullpunkt. Ganz schön kühl.

Deutschland war das erste Land der Welt, das die Sommerzeit einführte. Der Kaiser beschloss im Jahr 1916, die Uhren vorzustellen, um Energie bei der Arbeit in der Rüstungsindustrie einzusparen.

Der Mensch kommt ohne Kniescheiben zur Welt. Diese entwickeln sich erst ab dem dritten Lebensjahr, wenn die Knorpel anfangen zu verknöchern.

Lateinunterricht zahlt sich aus: Die im Vatikan ansässige Bank IOR unterhält einen Geldautomaten, der die Transaktion in lateinischer Sprache abwickelt.

Der Durchschnittsmensch hat 7,5 Social Media Accounts und hält sich 894 Stunden im Jahr darin auf.

# Fakten 269-272

In Australien gibt es doppelt so viele Kängurus als Einwohner.

Die meisten Menschen atmen immer nur durch ein Nasenloch und wechseln nach etwa fünf Minuten zum anderen. Diesen sogenannten Nasenzyklus beschrieb Richard Kayser als erster westlicher Mediziner 1895.

# 20.
# Von High-Heels für Männer zu Eisbärenfell

Kenia liegt bei der Nutzung von sozialen Netzwerken weltweit auf dem ersten Platz. 233 Minuten am Tag ist der Durchschnittsuser dort online.

High Heels waren ursprünglich nicht für Frauen gedacht. Sie wurden im 16. Jahrhundert für persische Krieger entworfen, die damit besseren Halt in den Steigbügeln fanden.

# Fakten 273-276

Die meistgesuchtesten How-to Videos auf Youtube sind Anleitungen zum Küssen und Krawatten binden.

Bildhauer werden älter als Maler. Ein amerikanischer Biologe verglich die Lebensdaten von Künstlern aus sechs Jahrhunderten. Das Leben der Bildhauer war im Durchschnitt 3,8 Jahre länger.

# Fakten 277-280

Die kleine Extratasche vorne in der Jeanstasche hatte früher einen Sinn: Minenarbeiter bewahrten darin die Streichhölzer für ihre Karbidlampen auf.

Die Mona Lisa hat keine Augenbrauen. Bis heute steht nicht fest, ob die Farbe des Gemäldes verblasst ist oder die Dame sich die Augenbrauen nach damaliger Mode abrasiert hatte.

Ursprünglich sollte Youtube eine Datingplattform werden und "Tune in, Hook up" heißen.

Säuglinge haben mehr Knochen als Erwachsene, nämlich 350 statt 206. In den ersten Lebensjahren wachsen viele von ihnen zusammen.

# Fakten 281-284

Unter dem Fell hat ein Eisbär schwarze Haut, die das Sonnenlicht absorbiert und sich dadurch besser aufwärmt.

Es gibt in Los Angeles viel mehr Autos als Island Einwohner hat.

Die Finnen besitzen mehr Saunen als Autos. Es sind in etwa 2,2 Millionen. Sicherlich entspannend in der Kälte.

Astronauten werden im Weltraum etwa 2 cm größer und schrumpfen wieder, wenn sie auf die Erde zurückkehren. Ursache ist die Ausdehnung der Wirbelsäule in der Schwerelosigkeit.

# 21. Von Schwerelosigkeit zu Shoefies

Die erste Spammail verschickte Gary Thuerk am 03. Mai 1978 an 600 Adressen. Seine unerbetene Werbung für einen Computer brachte ihm 12.000 Dollar Umsatz ein, aber auch den ersten Shitstorm der Geschichte.

Wirklich busy: Die meistfrequentierte Kreuzung der Welt ist Shibuya Crossing in Tokyo. Hier überqueren zu Spitzenzeiten über 1.000 Menschen gleichzeitig die Straße.

# Fakten 285-288

Unter allen Säugetieren gibt es nur zwei, die fliegen können: Fledermäuse und Flughunde.

Die meisten Monde des Planeten Uranus wurden nach Personen aus William Shakespeares Werken benannt. Die übrigen drei Mondnamen stammen aus einem Gedicht von Alexander Pope.

Babys schmecken mit 10.000 Geschmacksknospen, Erwachsene haben nur noch über 2.000 bis 4.000. Weil Babys intensiver schmecken können, mögen sie bittere, scharfe und saure Speisen noch nicht.

Ein Shoefie ist ein Selfie, auf dem nur die Schuhe zu sehen sind.

# Fakten 289-292

Seesterne können ihren Magen nach außen stülpen und ihre Beute außerhalb des Körpers verdauen.

Die Erdanziehung ist nicht an jedem Punkt gleich stark. Sie hängt unter anderem von der Gesteinsdichte im Erdinnern ab. Die geringste Anziehung herrscht in Indien, die höchste im Nordatlantik und nördlich von Australien.

# Fakten 293-296

Nur 2 % der Weltbevölkerung haben grüne Augen. Noch seltener ist die Kombi mit roten Haaren, die nur bei 1 % auftritt.

Intelligente Menschen brauchen weniger Freunde als weniger intelligente. Das ergab eine Studie für das British Journal of Psychologie.

Die älteste Währung der Welt, die noch heute verwendet wird, ist das britische Pfund Sterling. Es ist seit etwa 1.200 Jahren in Gebrauch.

Psst, nicht verraten: Wer anderen nichts über seine Ziele erzählt, kann sie leichter erreichen. Eine psychologische Erklärung ist, dass das Gehirn das Ziel sonst schon als erreicht abspeichert und die Motivation nachlässt.

# Fakten 297-300

Die App "RunPee" zeigt amerikanischen Kinobesuchern an, wann sie gefahrlos auf die Toilette gehen können, ohne wichtige Szenen im Film zu verpassen.

Der kälteste bewohnte Ort der Erde ist Oimjakon in Russland mit etwa 500 Einwohnern. Dort herrscht eine Durchschnittstemperatur von -45 Grad, beim Tiefstwert von - 67,8 Grad gefriert sogar Alkohol.

Der Film Stargate bekam 1994 als erster Film eine eigene Website.

Schmetterlinge können mit den Füßen schmecken. Wenn sie auf einer Blüte landen, stellen sie anhand der kleinen Härchen an den Beinen sofort fest, ob das Aroma ihnen zusagt.

# Wusstest du,...

... dass das schnellste Tor der
Fussball WM im Jahr 2002
nach nur 11 Sekunden
durch die Türkei erzielt wurde?

Der Instagram-Post mit den meisten Likes zeigt Lionel Messi mit dem Weltmeisterpokal (60,9 Mio.).

Ein durchschnittliches Kind in Deutschland bekommt bis zu seinem 18. Geburtstag 10.040 Euro Taschengeld.

# Fakten 301-304

Der älteste gefundene Hinweis auf ein menschliches Werkzeug ist das Fragment einer Steinaxt aus Westaustralien. Ihr Alter wird auf 46.000 bis 49.000 Jahre datiert.

Der Bikini wurde 1946 nach dem Bikini-Atoll benannt, weil sein Schöpfer von den Atomtests der Amerikaner begeistert war. Louis Réard wollte außerdem einem Konkurrenten antworten, der den Minibadeanzug "Atom" auf den Markt gebracht hatte.

# 22.
# Von unsichtbaren Diamanten zu glücklichen Finnen

Die Domain-Endung "tv" gehört zum Südseestaat Tuvalu. Der Staat hat die Nutzungsrechte allerdings aus Geldnot an Video- und Fernsehportale verpachtet.

Finnland ist das glücklichste Land der Welt, das berichtet der World Happiness Report. Auf den Plätzen 2 und 3 liegen Dänemark und Island, Deutschland rangiert an Stelle 14.

## Fakten 305-308

Als erste Frau war die russische Kosmonautin Walentina Tereschkowa 1963 im Weltall. Inzwischen hat sich die Frauenquote bei Raummissionen auf etwa 12 % eingependelt.

Der populärste Drehort der Welt ist der New Yorker Central Park, der schon bei über 500 Filmen als Kulisse diente.

# Fakten 309-312

Das am häufigsten gesehene Video auf Youtube ist "Baby Shark Dance" von Pinkfong Kids mit aktuell 14,6 Milliarden Klicks. Tendenz steigend.

Unsichtbares Vermögen: Ein Diamant ist auf Röntgenbildern nicht zu sehen, weil seine Molekularstruktur die Strahlung durchlässt. Anders verhält es sich bei Kristall und Glas.

Tigerkaka ist die schwedische Bezeichnung für Marmorkuchen.

Ketchup eignet sich als Haarspülung. Die Tomatensoße hilft dabei, einen Grünstich nach dem Färben zu neutralisieren.

# Fakten 313-316

Auf der Erde gibt es mehr Bäume als Sterne in unserer Galaxie. Bis zu 300 Milliarden Sterne umfasst die Milchstraße, drei Billionen Bäume wachsen auf der Welt.

Die Gemeinde der Facebook-Nutzer ist größer als die Bevölkerung von China und Indien zusammen. Das Netzwerk kommt auf 2,989 Milliarden monatlich aktive User.

Seit 1994 sind Hunde in der Antarktis verboten. Schlittenhunde haben zwar über Jahrzehnte die Forscher begleitet, sie gehören aber nicht zu den dort heimischen Arten, und für ihre Ernährung mussten viele Robben geschlachtet werden.

Litauer, Letten und Esten bildeten am 23. August 1989 eine der längsten Menschenketten, um für ihre Unabhängigkeit zu demonstrieren. Die Kette aus bis zu 2 Millionen Menschen erstreckte sich über 620 km und ging als "Baltischer Weg" in die Geschichte ein.

Auf dem Mars sind Sonnenuntergänge blau. Das liegt daran, dass auf dem Planeten viel feiner Staub herum wirbelt, der die kurzwelligen blauen Anteile des Sonnenlichts besser durchlässt als die langwelligen roten.

Haeckse oder auch Häckse ist die weibliche Form von Hacker.

# Fakten 317-320

Unsere Nase liegt ständig in unserem Sichtfeld. Wir sehen sie aber nicht, weil das Gehirn sie als irrelevant einstuft und ausblendet.

Das "fetteste" Organ unseres Körpers ist das Gehirn, sein Fettanteil beträgt ganze 60 %.

# 23.

# Von Riesenpilzen zu eckigen Wassermelonen

Fast Food macht dumm, das fanden Schweizer Forscher in einer Studie an Mäusen heraus. Es sind vor allem die gesättigten Fettsäuren im Junkfood, die sich negativ auf den präfrontalen Cortex, ein wichtiges Hirnareal, auswirken.

Lego ist ein lukrativeres Investment als Gold. Mit einer durchschnittlichen Rendite von 11 % hängen Lego-Sets auch Aktien und Anleihen ab.

# Fakten 321-324

Chips entstanden eher zufällig als der Hotel-Koch George Crum 1853 dünn geschnittene Kartoffeln servierte, da sich ein Gast über zu dick geschnittene Bratkartoffeln beschwert hatte.

Die Sprache mit dem größten Wortschatz ist Englisch mit geschätzt 750.000 Wörtern. Jedes Jahr kommen noch etwa 5.400 Neuschöpfungen hinzu.

# Fakten 325-328

Der größte lebende Organismus ist ein Hallimasch in Oregon. Der Riesenpilz erstreckt sich über neun Quadratkilometer, was 1.200 Fußballfeldern entspricht. Sein Gewicht wird auf mindestens 600 Tonnen geschätzt.

In Japan werden eckige Wassermelonen gezüchtet, die in gläsernen Boxen heranreifen. Die Idee dahinter: Sie lassen sich leichter verpacken, stapeln und im Kühlschrank unterbringen.

Das Lachen ist keine exklusive menschliche Fähigkeit. Forscher aus Kalifornien fanden 65 Tierarten, die auch lachen können, darunter Primaten, Füchse, Ratten, Elefanten, Seehunde und viele andere.

Der am dünnsten besiedelte Staat der Erde ist die Mongolei mit zwei Einwohnern pro Quadratkilometer. Zum Vergleich: In Deutschland leben auf einem Quadratkilometer236 Menschen.

# Wusstest du,...

... dass die Banane sich krümmt
weil sie nach Licht strebt?

# Fakten 329-332

Die größte Säugetierwanderung findet nicht an Land statt, sondern in der Luft: Über 10 Millionen Flughunde sind jedes Jahr zwischen Sambia und Kongo unterwegs.

Rückwärts altern: Turritopsis dohrnii ist eine Quallenart, die sich verjüngen kann. Sie kann ihr Leben beginnend als reife Qualle zurücksetzen und den Kreislauf wiederholen.

Im türkischen Dorf Kuşköy verständigen sich die Bewohner mithilfe der sogenannten Vogelsprache (Kuş Dili), die aus Pfeiflauten besteht. 2017 nahm die UNESCO die Sprache in die Liste des immateriellen Kulturerbes auf.

Das meistgesuchte Wort in der deutschsprachigen Google-Suche ist Amazon, gefolgt von Youtube und Bild. Weltweit liegt Youtube auf Platz 1.

Die Furcht vor Länge: Sesquipedalophobie ist die Angst vor besonders langen Wörtern.

Zeitreise: Die älteste Zeitkapsel ist die Westinghousekapsel, die im Rahmen der Weltausstellung 1939 in New York vergraben wurde. Sie soll erst im Jahr 6939 geöffnet werden.

# Fakten 333-336

Der Vatikan hat eine Fußballmannschaft, die aus seinen Mitarbeitern besteht. Der Stadtstaat ist aber weder Mitglied der FIFA noch der UEFA, weil er nicht über einen Fußballplatz nach FIFA-Normen verfügt.

Der antarktische See Deep Lake hat einen so hohen Salzgehalt (270g/L), dass er selbst bei Temperaturen von minus 20 Grad nicht zufriert.

# 24.
# Vom Kussverbot zu Diamantenregen

Wenn der Mensch mit dem Auto steil nach oben fahren könnte, wäre er in etwa einer Stunde im Weltall. Ein Stau auf der Erde dauert teilweise länger.

Küssen strafbar: In der italienischen Stadt Eboli ist es verboten, in Fahrzeugen zu küssen. Es wird angenommen, dass dies eingeführt wurde, um Ablenkungen während einer Fahrt zu verhindern.

# Fakten 337-340

Forscher haben einen Planeten entdeckt, auf dem es Diamanten regnet. Der Exoplanet namens "55 Cancri e" besteht größtenteils aus Kohlenstoff, der wiederum in Diamanten umgewandelt wird.

Spannende Vorstellung: Alles Blut eines Menschen zirkuliert und passiert einmal pro Minute das Herz.

# Fakten 341-344

Vor der Küste der Bahamas befindet sich die größte Unterwasserstatue der Welt. Die Skulptur "Ocean Atlas" des Künstlers Jason de Caires Taylor ist fünf Meter hoch und wiegt beinahe 60 Tonnen.

In zwei Staaten der Welt sind Ehescheidungen bis heute verboten: im Vatikan und auf den Philippinen.

1986 wurde der erste Computervirus entdeckt. Man nannte ihn "Brain". Er wurde aber eher als harmlos klassifiziert.

Butter ist nicht gleich Butter: Erdnussbutter muss in den USA mindestens aus 90% Erdnüssen bestehen um als Erdnussbutter bezeichnet zu werden.

# Wusstest du,...

... dass Kühe beim Hören
klassischer Musik
mehr Milch produzieren?

# Fakten 345-348

Mehr Bakterien als Zellen. Der menschliche Körper ist Wohnort von ca. 37 Billionen Bakterien. Das bedeutet, dass die Zahl der Bakterien im Körper ca. 10x so groß ist wie die Anzahl der Zellen.

In Deutschland beträgt der Konsum von Tiefkühl-Pizza ca. 5kg pro Person

Musikalische Pflanzen: Untersuchungen zeigen, dass auch Pflanzen auf Musik reagieren können. Manche Pflanzen wachsen schneller, wenn sie klassischer Musik ausgesetzt sind.

Innerhalb von Russland gibt es unglaubliche 11 Zeitzonen. Dies gibt einen Eindruck darüber wie groß das Land ist,

Pferden ist es nicht möglich sich zu übergeben. Ursächlich ist ein Muskel im Magen-Darm-Trakt, der dafür sorgt, dass die Nahrung nur in eine Richtung bewegt werden kann.

Im Jahr 1981 nieste eine Frau in Großbritannien 1298-mal in der Zeit von der Nacht des 15. auf den 16. September und stellte damit einen Weltrekord aus.

# Fakten 349-352

Der Mond entfernt sich jedes Jahr knapp 4 cm von der Erde. Heute ist die mittlere Entfernung bereits 1,5 m größer als zur Zeit der ersten Mondlandung.

Im Mittelalter behandelten Barbiere auch Knochenbrüche. Sie schnitten nicht nur Haare, sondern führten auch verschiedene chirurgische Eingriffe durch.

# 25.
# Vom lautesten Rülpser zu Faultierkot

Ganz schön laut: Der bisher gemessene lauteste Rülpser hatte eine ohrenbetäubende Lautstärke von ca. 112 Dezibel.

Der Kühlergrill am Auto ist heute eher ein Design-Element. Ursprünglich hatte er die Funktion, den Motor vor Hitze und Überhitzung zu schützen.

# Fakten 353-356

Im Körper eines Menschen stecken so viele Kohlenstoffmoleküle, dass daraus 10.000 Bleistifte hergestellt werden könnten.

Das Wort Jeans stammt vom französischen Namen der Stadt Genua: Gênes. Von dort importierten die USA Baumwollhosen und sprachen den Herkunftsnamen englisch aus.

# Fakten 357-360

Der Stoffwechsel eines Faultieres ist so langsam, so dass es nur alle 7-10 Tage Stuhlgang hat.

Der Weltrekord im Handy-Werfen liegt bei 101,46 m. Rekordhalter ist der Finne Ere Karjalainen. Seit dem Jahr 2000 findet jedes Jahr die Weltmeisterschaft im finnischen Savonlinna statt.

Glückskekse kommen nicht aus Asien sondern wurden in den USA erfunden. Sie wurden ca. 1920 in San Francisco zuerst hergestellt.

In Neuseeland gibt es einen Unterwasser-Briefkasten. Die Post muss allerdings wasserdicht sein.

# Fakten 361-364

Wissensdurst: Die Suchmaschine Google verzeichnet ca. 8,5 Milliarden Suchen je 24 Stunden, die aus aller Welt stammen.

Die Knack-Geräusche, die beim Knacken der Finger gehört werden, entstehen durch Unterdruck und durch gelöste Gase, die in der Gelenkflüssigkeit freigesetzt werden.

Als erster Roboter der Welt bekam "Sophia" am 25.10.2017 eine Staatsbürgerschaft verliehen. Saudi-Arabien bürgerte das in Hongkong entwickelte Maschinenwesen ein.

Zahnverlust en masse: Haie verlieren ständig Zähne. Sie können allerdings diese regenerieren, so dass sie im Laufe ihres Lebens insgesamt Zehntausende von Zähnen haben.

Über 750 000 km lange Erbinformation: Wenn man die DNA aus allen Zellen einer einzelnen Person hintereinanderlegen könnte, käme in etwas diese Zahl heraus. Damit könnte ein Mensch zum Mond und zurück.

Menschliche Gene stimmen Forschungen zu Folge in bis zu 55% mit denen einer Banane überein. Interessante Vorstellung.

# Fakten 365-368

Es gibt Regionen in Tibet, in denen man sich noch heute mit herausgestreckter Zunge begrüßt.

Auch Pinguine haben Knie. Diese werden unter einem dicken Federkleid verborgen. Für den aufrechten Gang sind sie notwendig.

# 26.
# Von Ameisen-Kraft zu Schneckenwinterschlaf

Zum Heulen: Beim Schneiden von Zwiebeln, wird Schwefelsäure aus den Zellwänden freigesetzt, was unsere Augen dazu bringt Tränen zu produzieren.

Geschmackssache: Weiß ist als Autofarbe weltweit am beliebtesten. Danach kommen Schwarz und Grau. Dies kann sich je nach Trend auch schnell ändern.

# Fakten 369-372

Würden wir uns auf dem Mars wiegen, wären wir nur ein Drittel so schwer wie auf der Erde.

Schnecken können bis zu 3 Jahre Winterschlaf halten, um z.B. schwierigen Witterungsbedingungen zu entgehen.

# Fakten 373-376

Auf den Färöer-Inseln gibt es keine Moskitos. Warum ist nicht ganz klar.

Auf dem Saturnmond Titan gibt es Flüsse und Seen. Sie enthalten jedoch flüssiges Methan und Ethan und kein Wasser.

Der schnellste Muskel des Menschen befindet sich am Auge und ist der „Musculus orbiculari“. Er schützt das Auge und reagiert blitzschnell, wenn uns irgendetwas ins Auge fliegt.

Es gibt auf der Welt mehr Plastikflamingos als echte Exemplare dieser Tiere.

# Wusstest du,...

... dass in Australien das Schuljahr
im Januar beginnt?

# Fakten 377-380

Das Wort "Basketball" wurde ursprünglich verwendet, weil die damaligen ersten Körbe Obstkörbe waren und der Boden erst im Laufe der Zeit entfernt wurde.

Im Laufe seines Lebens produziert ein Mensch bis zu 40000 Liter Speichel –damit könnten Swimmingpools gefüllt werden.

Wahrscheinlich ist das "Große Mauer-CfA2" Supercluster, das eine Länge von ca. zehn Milliarden Lichtjahren lang ist das größte Objekt des Universums sein.

Eine Ameise kann in etwa das 50- fache ihres eigenen Körpergewichts tragen. Das ist so, als würde ein Mensch ein Auto hochheben.

Bei den Römern gab es eine Urinsteuer. Der Urin wurde als wertvolle Flüssigkeit geschätzt und besteuert.

Auf der Internationalen Raumstation ISS können die Astronauten ca. alle 92 Minuten einen Sonnenauf- und Sonnenuntergang sehen, da die Erde in dieser Zeit einmal umkreist wird.

# Fakten 381-384

Die Augen eines Straußes sind größer als das Gehirn dieses Tieres.

Das Phänomen BMX startete in den späten 1960er Jahren in Kalifornien, als Kinder auf ihren Fahrrädern Motocross-Rennen nachahmten.

# 27.

# Von VHS Kassetten zu faulen Koalas

Kult: Der Game Boy von Nintendo erblickte 1989 das Licht der Welt. "Tetris" und "Super Mario Land" sind immer noch Kult und Vorläufer vieler Spiele die heute Bestseller sind.

VHS Kassetten wurden 40 Jahre alt, den 41. Geburtstag erlebten die Videokassetten nicht mehr, da die Produktion 2012 eingestampft wurde.

# Fakten 385-388

Ganz schön windig: In der Atmosphäre des Jupiters gibt es Winde mit bis zu 680km/h.

Später Ruhm: Vincent van Gogh verkaufte zu Lebzeiten nur ein Werk. Heute sind seine Bilder Millionen wert.

# Fakten 389-392

Die kürzeste royale Regentschaft war die von Louis XIX. von Frankreich, der nur etwa 20 Minuten regierte, bevor er abdanken musste.

Symbolics.com war die erste .com Domain, die 1985 registriert wurde. Die Webseite existiert noch heute.

Die Harry Potter Autorin J.K. Rowling wurde von 12 Verlagen abgelehnt, bevor Bloomsbury das erste Buch der Harry Potter Serie veröffentlichte.

Das faulste Tier ist nicht das Faultier, sondern der Koala. Er schlummert bis zu 22 Stunden täglich, das Faultier in freier Wildbahn nur etwa 10.

# Wusstest du,...

... dass die ersten Handys ungefähr so groß wie klassische Ziegelsteine waren und fast 1 kg wogen?

# Fakten 393-396

Unser Körper produziert jeden Tag ca. 1,5 Liter Schleim, der vor allem durch die Nasenschleimhäute und die Schleimhäute des Verdauungstrakts produziert wird.

Die aktuell schnellste Achterbahn der Welt ist die "Formula Rossa" in der "Ferrari World" in Abu Dhabi. Sie wird bis zu 240 km/h schnell in ca. 5 Sekunden.

Der teuerste Sneaker der Welt ist der„Air Jordan 13 - "The Last Dance". 2,2 Millionen US-Dollar wurden bei der Sneaker-Auktion 2023 bei Sotheby's dafür hingelegt.

Das Skateboarden wurde im Jahr 2021 zur olympischen Disziplin.

Die Converse Chuck Taylor All-Stars, auch als Chucks bekannt, wurden 1917 von der Firma Converse ursprünglich als Basketballschuhe eingeführt.

Eine der ersten kommerziell erfolgreichen Deutschrap-Gruppen war die Band "Advanced Chemistry" aus Hamburg, die 1992 ihre Single "Fremd im eigenen Land" veröffentlichte.

# Fakten 397-400

AOL war einer der ersten großen Internetanbieter und brachte damals Millionen von Menschen online.

Der Name "Apple" für das gleichnamige Unternehmen wurde ausgewählt, weil Steve Jobs gerade von einer Apfelplantage zurückgekommen war.

Kaugummi zu verkaufen ist in Singapur seit 1992 illegal. Kaugummi für medizinische Zwecke zu nutzen, wenn es ein Arzt verschreibt, ist jedoch erlaubt.

Bananen sind leicht radioaktiv, weil sie Kalium enthalten, das geringe Mengen an radioaktivem Isotop Kalium-40 aufweist. Bei gewöhnlichem Konsum gilt dies als unbedenklich.

# Fakten 401-404

Die erste Herztransplantation der Welt wurde 1967 von Dr. Christiaan Barnard in Kapstadt durchgeführt.

Die Tang-Dynastie verwendete im 7. Jahrhundert das erste Papiergeld. An anderen Orten durchgesetzt hat es sich erst viele Jahrhunderte später.

# 28. Nachwort

Wow, du hast es geschafft! Du hast "Krasse Fakten für echte Klugscheißer!" komplett durchgeackert. Ich hoffe, dass die abgefahrenen Fakten, witzigen Anekdoten und unglaublichen Geschichten dir und deinen Freunden jede Menge Spaß gemacht haben.

Dieses Buch feiert das Spannende, Coole und Ungewöhnliche im Leben – von verrückten Naturphänomenen, skurrilen Fun Facts bis zu den abgefahrensten Rekorden.
Möge es dir weiterhin ein breites Grinsen ins Gesicht zaubern und dich daran erinnern, wie cool, spannend und manchmal auch ein wenig irre die Welt sein kann. Auf eine weitere Zeit voller Lachen, Staunen und verrückter Entdeckungen! Denk daran, dass unnützes Wissen nicht nur mega witzig ist, sondern dir auch zeigt, wie genial und abgefahren das Leben manchmal sein kann.

Mit einem lauten "Läuft bei dir!" und viel Spaß bei all deinen zukünftigen Abenteuern!

# Impressum

Autor Justus Schöns wird vertreten durch:
Demet Aslim
Mauritiussteinweg 96
50676 Köln
Kontakt: info@erfuellteres-leben.de

ISBN Taschenbuch: 978-3-9824648-9-3

Umschlaggestaltung: Sprudelkopf Design- Jasmin Raif,
www.sprudelkoepfe.com
Umschlagmotiv: erstellt durch Demet Aslim mit Chat GPT4, DALL-E

Illustrationen Innenteil Chat GPT 4, DALL-E
Buchsatz: Demet Aslim mit Canva, Icons Canva

Jahr der Veröffentlichung: 2024
Verantwortlich für den Druck: Amazon Distribution GmbH, Leipzig

# Haftungsausschluss

Dieses Buch wurde mit Sorgfalt erstellt. Es kann keine Garantie oder Gewähr für die Vollständigkeit, Aktualität und Richtigkeit der Inhalte übernommen werden. Der Inhalt dient der Unterhaltung und sollte nicht mit medizinischen Erkenntnissen oder medizinischem Rat verwechselt werden. Die Benutzung dieses Buches und die Umsetzung der Informationen erfolgt ausdrücklich auf eigenes Risiko. Haftungsansprüche gegen den Autor für Schäden materieller oder ideeller Art, die durch die Nutzung oder Nichtnutzung der Informationen bzw. durch die Nutzung fehlerhafter und/oder unvollständiger Informationen verursacht wurden, sind grundsätzlich ausgeschlossen. Rechts- und Schadenersatzansprüche sind daher ausgeschlossen